그대에게
띄우는

그리운
필사 노트°

그대에게 띄우는 그리운 필사 노트

기획집단 MOIM 엮음

태학사

지친 마음을 다독이고, 고전의 지혜도 배우는
나의 첫 고전 명시 필사 노트

우리는 종종 감정에 소홀해집니다. 바쁜 생활을 견디느라
부단히 애쓰다 보면 스스로 무엇을 원하는지, 어떤 것을
좋아하고 싫어하는지조차 모르게 돼요. 사랑하는 사람이
곁에 있어도 말이에요. 마음에도 없는 말을 주고받으며
서로를 상처 입히고 긴 밤을 후회로 지새우기도 합니다.
그럴 땐 꼭 나의 마음을 다 내놓고 싶어집니다. 누구라도
나의 슬픔을 알아주었으면 하는 마음인데 말은 못 하고
시를 찾게 됩니다. 시는 나도 모르는 나의 깊은 속마음을
들여다보게 하거든요. 시를 읽고 쓰는 순간만큼은 마음을
차분히 가다듬을 수 있고, 현재의 순간을 오롯이 느낄 수
있으며, 더 나은 삶을 고민할 수 있습니다. 그것이 시의
역할 중 하나입니다.

시는 사람이 감정을 표현하는 가장 순수하고도 강력한

목소리입니다. 단어 하나하나가 깊은 울림을 만들거든요. 그 울림은 오래 남아 슬픔이나 고통을 막아주는 방패가 됩니다. 흔들리는 마음을 어루만지는 손이 됩니다. 나의 마음을 이해하고 곁에 있는 사람을 이해하고 싶은 마음, 그 마음은 시에 있어요. 일상에서 접하는 다양한 감정을 적절하게 표현하지 못할 때, 시를 읽고 써도 좋습니다. 시라는 목소리로 마음을 마음껏 표현해보세요. 슬픔, 기쁨, 분노, 사랑 등 시를 읽고 쓰면서 소홀했던 감정을 만나면 자연스럽게 누군가에게 전할 수 있는 능력까지 생깁니다. 이를 '표현력'이라고 하지요. 풍부한 어휘로 가득한 시를 읽고 쓰면 표현력을 기를 수 있습니다.

시를 읽으면 창의력을 기를 수도 있습니다. 시는 일반적인 글쓰기와 달리 제한된 단어 속에서 최대한의 의미를 전달해야 하니까요. 함축적이고 상징적인 표현이 요구되기에, 누군가에게 편지로 나의 마음을 전하고자 한다면 먼저 시를 읽고 써봐도 좋겠습니다. 리듬과 운율을 생각하며 글을 쓰면 언어에 대한 감각이 자연스럽게

발달하게 되니까요.

생활에 치여 나의 마음을 짐작할 수 없을 때, 사랑하는 마음을 버틸 수 없어 얼굴이 터질 것만 같을 때, 귀한 인연을 보내고 한없이 바닥으로 가라앉는 기분으로부터 버텨야 할 때마다 시가 곁에 있었습니다. 나의 마음을 전하고 싶을 때도 시가 있었고요. 시를 읽고 쓰면서 느꼈던 이 모든 것을 함께 나누기 위해 이 책을 쓰게 되었습니다.
《그대에게 띄우는 그리운 필사 노트》에는 국내외 명시 109편이 담겨 있습니다. 총 3부이며 각각 사랑, 이별, 휴식이라는 키워드로 나누었습니다. 사랑에서도 사랑을 포함한 여러 감정을 느낄 수 있고, 이별이나 휴식 또한 마찬가지일 것입니다. 전 세계에서 사랑받는 작가들의 시를 원하는 대로 써보세요. 본인이 처한 상황에 따라 쓰고 싶은 키워드가 다를 테니까요. 그러니 나의 목소리에 먼저 귀 기울이고 시를 만나보세요. 시는 쉬거나, 이야기 나누기 좋은 자리 하나를 내어줄 거예요. 그곳에서 마음껏

쉬고, 곁에 있는 귀한 사람에게 시와 함께한 대화가 얼마나 좋았는지 말해보세요. 좋은 시를 읽고 쓰며 얻은 본인의 표현력은 그런 대화에서 빛날 거예요.

　이 책에서 나오는 시를 따라 읽고 쓰는 과정이 여러분들의 바쁜 생활에 휴식이 되길 빕니다.

차례

책을 내며

---

1 부

사랑은 영겁의 미래까지
계속하리라

2 부

그곳이 내 사랑 머무는
집임을

1부

사	랑	은			
			영	겁	의

| 미 | 래 | 까 | 지 | | |
| | 계 | 속 | 하 | 리 | 라 |

〈시인의 사랑〉
아름다운 오월에
하인리히 하이네

참으로 아름다운 오월,

모든 꽃봉오리 피어날 때,

나의 가슴속에도

사랑이 싹텄네.

아름다운 오월,

온갖 새들 노래할 때,

나 역시 그대에게 고백하였다네.

불타는 마음과 염원

〈시인의 사랑〉
장미, 백합, 비둘기, 태양
하인리히 하이네

장미, 백합, 비둘기, 태양
이것들을 옛날엔 무척 사랑했노라
지금은 그것들이 아닌, 단 한 사람
아름답고 정결한 그 사람만 사랑하노라
그 사람은 모든 사랑의 기쁨
장미이자 백합, 비둘기이자 태양이어라

〈행복〉
한용운

나는 당신을 사랑하고 당신의 행복을 사랑합니다. 나는 온세상 사람이 당신을 사랑하고 당신의 행복을 사랑하기를 바랍니다.

그러나 정말로 당신을 사랑하는 사람이 있다면, 나는 그 사람을 미워하겠습니다. 그 사람을 미워하는 것은 당신을 사랑하는 마음의 한 부분입니다.

그러므로 그 사람을 미워하는 고통도 나에게는 행복입니다.

만일 온 세상 사람이 당신을 미워한다면, 나는 그 사람을 얼마나 미워하겠습니까.

만일 온 세상 사람이 당신을 사랑하지도 않고 미워하지도 않는다면, 그것은 나의 일생에 견딜 수 없는 불행입니다.

만일 온 세상 사람이 당신을 사랑하고자 하여 나를 미워한다면, 나의 행복은 더 클 수가 없습니다.

그것은 모든 사람의 나를 미워하는 원한의 두만강이 깊을수록, 나의 당신을 사랑하는 행복의 백두산이 높아지는 까닭입니다.

〈나와 나타샤와 흰 당나귀〉
백석

가난한 내가

아름다운 나타샤를 사랑해서

오늘밤은 푹푹 눈이 나린다

나타샤를 사랑은 하고

눈은 푹푹 날리고

나는 혼자 쓸쓸히 앉아 소주를 마신다

소주를 마시며 생각한다

나탸샤와 나는

눈이 푹푹 쌓이는 밤 흰 당나귀 타고

산골로 가자 출출이 우는 깊은 산골로 가 마가리에 살자

눈은 푹푹 내리고

나는 나타샤를 생각하고

나타샤가 아니 올 리 없다

언제 벌써 내 속에 고조곤히 와 이야기한다

산골로 가는 것은 세상한테 지는 것이 아니다

세상 같은 건 더러워 버리는 것이다

눈은 푹푹 내리고
아름다운 나타샤는 나를 사랑하고
어데서 흰 당나귀도 오늘밤이 좋아서 응앙응앙 울 것이다

• 마가리: 오막살이

〈사랑의 첫 입맞춤〉

부분

조지 고든 바이런

나이가 들어 피는 식고
우리에게 남은 기쁨마저 사라졌을 때
세월 또한 산비둘기처럼 날아가 버리면 –
가장 소중한 추억은
끝까지 남으리
우리에게 가장 달콤한 추억,
그 사랑의 첫 입맞춤은

〈그의 반〉

정지용

내 무엇이라 이름하리 그를?
나의 영혼 안의 고문 불,
공손한 이마에 비추는 달,
나의 눈보다 값진 이,
바다에서 솟아올라 나래 떠는 금성,
쪽빛 하늘에 흰 꽃을 달은 고산 식물,
나의 가지에 머물지 않고,
나의 나라에서도 멀다.
홀로 어여삐 스스로 한가로워 항상 머언 이,
나는 사랑을 모르노라. 오로지 수그릴 뿐,
때없이 가슴에 두 손이 여미어지며
굽이굽이 돌아 나간 시름의 황혼 길 위
나 바다 이편에 남긴
그의 반임을 고이 지니고 걷노라.

〈사랑〉

마티아스 클라우디우스

그 무엇도 사랑을 가로막지 못하리
대문도 빗장도 사랑은 알지 못하니
그 어떤 것도 뚫은 후 뻗어 나오리
끝없이 영원한 날갯짓을,
사랑은 영겁의 미래까지 계속하리라

⟨노래의 날개 위에⟩
부분
하인리히 하이네

노래의 날개 위에 우리 모두 올라서
함께 갑시다, 사랑하는 사람이여
갠지스 강 그 푸른 기슭 풀밭에
우리 함께 갈 곳 왜 없을까요

환한 꽃동산에 조용히 피어오를 때
빨갛게 피어나는 어여쁜 꽃동산
잔잔한 호수에 웃음 짓는 연꽃들
아름다운 그대를 기다리고 있지요

꽃들은 마주 보며 웃음을 머금고
하늘의 별을 향해 소곤거리며
장미꽃 넝쿨 뻗어 함께 손잡고
달콤한 사랑 속삭이며 입을 맞추네

〈사랑의 철학〉
퍼시 비시 셸리

샘물이 모여 강물이 되고
강물이 모여 바다가 되고
하늘의 바람은 감미로운 느낌으로
영원히 뒤섞이니,
세상에 홀로인 것은 없어
하늘의 섭리에 따라
서로 섞이기 마련이라
어찌 그대 없이 내가 있겠어요?

보세요! 산은 드높은 하늘에 키스하고
파도는 또 다른 파도를 껴안는데
형제를 업신여기면
그 어떤 남매가 용서하겠어요?
햇빛은 대지를 포옹하고
달빛은 바다에 입맞추는데
그대가 내게 키스하지 않는다면
그 모든 입맞춤이 무슨 의미가 있을까요?

〈로미오와 줄리엣〉

부분

윌리엄 셰익스피어

내 마음은 바다처럼 끝없이 넓고 사랑도 깊어.

그대에게 베풀면 베풀수록

끝없이 솟아나

우리 둘은

무한이라오

〈선물〉

기욤 아폴리네르

그대가 원하신다면
내 그대에게 드리겠습니다.
아침, 그토록 상쾌한 나의 아침과
당신이 좋아하는 내 빛나는 머리카락과
푸르고 금빛의 내 눈동자를.

그대가 원하신다면
내 그대에게 드리겠습니다.
따스한 햇살 비추는 곳에서
눈 뜬 아침 들려오는 온갖 소리와
근처 분수에서 흐르는
물줄기의
아름다운 소리를.

마침내 찾아들 석양 노을과
소슬한 내 마음으로 얼룩진 저녁
조그마한 나의 손과

당신 마음 곁에 두어야 할

나의 마음까지.

〈여름밤의 풍경〉
노자영

새벽 한 시 울타리에 주렁주렁 달린 호박꽃엔
한 마리 반딧불이 날 찾는 듯 반짝거립니다
아, 멀리 계신 님의 마음 반딧불 되어 오셨읍니까?
삼가 방문을 열고 맨발로 마중 나가리다

창 아래 잎잎이 기름진 대추나무 사이로
진주같이 작은 별이 반짝거립니다
당신의 고운 마음 별이 되어 날 부르시나이까
자던 눈 고이 닦고 그 눈동자 바라보리다.

후원 담장 밑에 하얀 박꽃이 몇 송이 피어
수줍은 듯 홀로 내 침실을 바라보나이다
아, 님의 마음 저 꽃이 되어 날 지키시나이까
나도 한 줄기 미풍이 되어 당신 귀에 불어가리다.

〈유월이 오면〉
노자영

유월이 오면 그때는 온종일
향기 나는 잔디밭에 내 사랑과
나란히 앉아 보리라
그런 후 살랑거리는 바람으로
하늘에 흰 구름이 세워 놓은
눈부시게 높디 높은
궁전으로 날아오르리

그대는 노래하고, 나는 시를 짓고
그렇게 온종일 아름다운 시를 읊겠네
우리 집 울 안 덤불 속에 누운 채
오! 우리의 삶은 빛나리, 유월이 오면.

〈비너스와 아도니스〉
부분
윌리엄 셰익스피어

흐르는 눈물에 뺨이 흠뻑 젖었지만
따스한 키스 한 번으로 모든 빚을 갚으리.

〈소네트〉
부분
윌리엄 셰익스피어

내 글은 웅변으로 변해
많은 말을 내뱉는 혀보다
가슴의 언어를 말하는 것이라고
사랑을 호소하고 응답을 원합니다.
말 없는 사랑이 적은 걸 읽어주세요
눈으로 듣는 게 사랑의 기술이니까요.

〈사랑하는 까닭〉
한용운

내가 당신을 사랑하는 것은 까닭이 없는 것이 아닙니다.

다른 사람들은 나의 홍안만을 사랑하지마는 당신은 나의 백발도 사랑하는 까닭입니다.

내가 당신을 그리워하는 것은 까닭이 없는 것은 아닙니다.

다른 사람들은 나의 미소만을 사랑하지마는 당신은 나의 눈물도 사랑하는 까닭입니다.

내가 당신을 기다리는 것은 까닭이 없는 것은 아닙니다.

다른 사람들은 나의 건강만을 사랑하지마는 당신은 나의 죽음도 사랑하는 까닭입니다.

• 홍안(紅顏): 젊어서 혈색이 좋은 얼굴을 이르는 말.

〈사랑의 책〉

요한 볼프강 폰 괴테

책들 가운데
가장 놀라운 책은
사랑의 책
난 조심히 그것을 읽었다네

즐거움은 오직 몇 장뿐
나머지 한 권은
온통 괴로움

이별 역시 한 대목
재회는 짧디 짧게 토막난 한 장뿐
한 대목 한 대목 연민들로 해설했다네

끝없이 끝없이
하지만 마지막에
참된 길 하나 찾아냈다네
풀기 힘든 길, 누가 풀었을까?
사랑하는 이들이 서로 만나서.

〈유성〉

김동환

계곡의 물소리에 실린 바람이
잠든 이슬을 깨우는 밤
어둠 속에 벌거벗은 나무들
서로의 손을 꼬옥 잡고 쳐다보면
유성이 사랑에 밑줄을 그으며 사라져 간다

〈사랑의 가장 좋은 순간은〉
부분
쉴리 프뤼돔

사랑의 가장 좋은 순간은
'그대를 사랑해요' 말할 때가 아니네.
그것은 어느 날인가,
깨뜨리다 만 침묵
바로 그 안에 있는 것.

그것은
마음의 숨 가쁘고도 남모를
은밀한 지혜 속에 깃들어 있는 것.

〈꿈밭에 봄마음〉
김영랑

굽이진 돌담을 돌아서 돌아서
달이 흐른다 놀이 흐른다
하이얀 그림자
은실을 즈르르 몰아서
꿈밭에 봄마음 가고 가고 또 간다

〈나의 꿈〉

한용운

당신이 맑은 새벽에 나무 그날 사이에서 산보할 때에, 나의 꿈은 작은 별이 되어서 당신의 머리 위에 지키고 있겠습니다.

당신이 여름날에 더위를 못 이기어 낮잠을 자거든, 나의 꿈은 맑은 바람이 되어서 당신의 주위에 떠돌겠습니다.

당신이 고요한 가을밤에 그윽히 앉아서 글을 볼 때에, 나의 꿈은 귀뚜라미가 되어서 책상 밑에서 '귀뚤귀뚤' 울겠습니다.

〈소네트〉
부분
윌리엄 셰익스피어

당신의 사랑을 떠올리면

한없이 부유해져서

임금님과도 내 처지를 바꾸지 않겠습니다

〈그대를 사랑해〉

카를 프리드리히 빌헬름 헤로제

사랑이여, 우리는
아침 그리고 저녁, 늘
근심 걱정 함께
나누며 살아왔네

근심 걱정 나누는데
무엇이 두려울까
내 고통 그대가 위로하고
그대 근심에 나는 눈물 흘렸네

하늘의 은총이 존재하기를
그대, 내 삶의 기쁨
하늘의 은총이 존재하기를
그대와 나, 두 사람 지키고 아껴주기를

〈꽃가루 속에〉

이용악

배추꽃 이랑을 노오란 배추꽃 이랑을
숨 가쁘게 마구 웃으며 달리는 것은
어디서 네가 나즉히 부르기 때문에
배추꽃 속에 살며시 흩어 놓은 꽃가루 속에
나두야 숨어서 너를 부르고 싶기 때문에

〈소네트〉
부분
윌리엄 셰익스피어

그대는 나 자신의 가장 빛나는 부분이니
어떻게도 어울리게 자랑할 수 없습니다
스스로 자랑을 늘어놓을 수는 없는 일이잖아요
그대를 자랑하면 제 자랑일 뿐입니다

〈아델라이데〉
프리드리히 폰 마티손

아델라이데!
당신의 벗 하나 봄의 정원에서
외로이 거니네
아름답고 부드러운 마법의 빛으로
부드럽게 흔들리는 나뭇가지를
뚫고 떨리네

아델라이데!
거울처럼 비치는 커다란 물결 속에
알프스의 쌓인 눈 속에서
지는 날 황금빛 구름들 두고
별의 들판에서 당신의 이미지는 빛나고

아델라이데!
저녁 바람이 나무 그늘 속에서 소곤대네
오월의 은방울 소리
잔디밭에 파묻혀

파도가 울고 나이팅게일은 노래하네

아델라이데!
한때, 오 기적이리! 꽃이 피었고
나의 무덤에
내 마음이 타고난 재
그 꽃 한 송이가 밝게 빛날 것이네
모든 아름다운 잎들 위에서
아델라이데!

〈소네트〉

부분

윌리엄 셰익스피어

수많은 시인들이 칭송의 말을 꾸며낸다 해도

당신의 눈동자 하나에서 빛나는 생명력을

감당하지 못할 것입니다.

〈아내에게 바침〉
부분
백거이

살아서는 한 집 가족으로 지내다
죽어서는 한 무덤 먼지로 섞입시다

남들과도 함께하고자 애쓰는 세상에
하물며 나와 당신 사이에서랴!

〈석상의 노래〉
부분
라이너 마리아 릴케

스스로 사랑하는 삶을 던질 만큼

나를 사랑해 줄 이 누구인가

나를 위해 기꺼이 바다에 뛰어드는 이 있다면

그때 나 역시 돌에서 풀려나

생명으로, 참 생명으로 돌아가리라

〈앤에게〉
부분
조지 고든 바이런

그대처럼 아름다운 이와, 오, 다툼은 얼마나 어리석은
짓인가
이제 그대 앞에 무릎 꿇고 용서를 비네
이런 무익한 다툼은 즉시 그치기로 해요
사랑하는 그대여, 그대를 향한 내 사랑은 언제나
진실이니까.

〈그대 늙었을 때〉

윌리엄 버틀러 예이츠

그대 늙어 서리가 내리고 졸음이 늘어나
난롯가에서 고개를 끄덕이며 이 책을 꺼내어
느리게 읽으며 언젠가 그대 눈이 지녔던
부드러운 모습과 그 깊은 그림자를 떠올려 보세요.

얼마나 많은 이들이 그대의 우아함만 사랑하고
그대의 아름다움을 거짓으로 사랑했는가를.

허나 단 한 사람만이 순례하는 그대 영혼을 사랑하고
늙어가는 그대 얼굴의 슬픔까지 사랑했음을.

또한 달아오르는 난롯가 곁에 몸을 숙인 채
슬픈 듯 읊조려 보세요, 어떻게 사랑이
머리 위로 솟은 산 너머에 도망치듯
수많은 별들 사이에 그의 모습 감추었는가를.

〈엘자의 눈〉
부분
루이 아라공

그대 눈은 한없이 깊은 연못
그 물 마시려 몸을 굽히며
나는 보았네, 모든 태양 그 속에 비추고
모든 절망한 이들, 그곳에 몸 던지는 것을
그대 눈 너무나 깊어
나는 그곳에서 기억을 잊고 마네

033

〈모든 길은 그대에게 이어지네〉

블랑쉬 슈메이커 왜그스태프

내 일찍이 길을 잃었을 무렵에도
모든 길은 그대에게 이어지네
그대는 하루의 끝에 떠오르는 저녁별

산 정상이나 기슭에서나
모든 길은 그대에게 이어지네
그대는 햇빛 속에 빛나는 하얀 자작나무

내 일찍이 길을 잃었을 무렵에도
모든 길은 그대에게 이어지네
그대는 나를 고향으로 부르는 종달새 노래

〈생일〉
크리스티나 로세티

내 마음은 샘물 곁
물오른 가지에 깃든
노래하는 새
내 마음은 알알이 맺힌 열매
수북이 늘어진 사과나무
내 마음은 바닷속 헤엄치며
자유로 오가는 무지갯빛 진주조개
내 마음은 그러나 무엇보다 기쁘네
내 사랑이 나를 찾아왔으니까요

비단과 목화솜 자리 꾸민 후
가죽과 자줏빛 물감으로 장식해 주어요
비둘기, 석류 열매 예쁘게 수 놓고
눈 많은 공작도 아로새기고
금방울 은방울 포도송이와
나뭇잎과 붓으로 수 놓아주어요
내 삶의 생일이 왔으니까요
내 사랑이 나를 찾아왔으니까요

〈안나 케른에게〉

부분

알렉산드르 푸시킨

놀라운 순간을 기억하노라

덧없는 환영처럼

순수한 아름다움의 수호신처럼

그대가 내 앞에 모습을 드러낸 그 순간.

절망 속 우수의 고뇌 속에서

소란스러운 세상의 불안 속에 머무를 때

그대 상냥한 목소리 한없이 울렸고

그대 사랑스러운 자태 꿈속에 떠올랐노라.

〈인간적인 너무나 인간적인〉
부분
프리드리히 니체

사랑에 정지는 없다.

느린 가락을 선호하는 음악가는

같은 곡조차 점점 느리게 연주할 뿐

그처럼

그 어떤 사랑에도

정지란 없다

〈처음 내리는 빗속에서〉

이로현

우리는 반드시 하나가 되어야 합니다,

그대와 나. 머리에 반쯤 뜬 달을 인 채 바람을 타고 달리는 그대를 뒤쫓습니다. 내리는 비들이 잠시 멈추어 눈 감은 채 흐르는 그대를 기다립니다. 오, 그렇구나, 그대는 세상 한가운데에서 세월의 속도로 뛰는구나. 아무리 달려도 내 발걸음은 뒤뚱거리고, 신호등 하나 걸리지 않는 그대는 구름을 품으며 걷습니다. 그대 걸음걸이마다 진달래 한 송이를 키웁니다. 하늘이 온통 붉게 물듭니다. 그대가 향하는 그 길을 도무지 알 수 없는데, 가는 곳마다 이슬처럼 흐르는 비가 멈춥니다. 갑자기 우산을 접고 싶습니다. 그대를 타고 흐르는 비를 맞고 싶습니다. 뜨거운 비를 맞고 싶습니다.

2부

그 곳 이

내 사 랑

머 무 는

집 임 을

〈호수 1〉
정지용

얼굴 하나야
손바닥 둘로
푹 가리지만,

보고픈 마음
호수만 하니
눈 감을밖에.

〈섬광〉
부분
단테이 게이브리얼 로세티

그대는 이미 저의 것이었고, 수없이 저의 것이었으며,

무한히 저의 것이 될 것입니다.

〈고별〉
부분
조지 고든 바이런

사랑스런 그대여,

그대가 남긴 그 입맞춤

영원히 내 입술 떠나지 않으리

이 순간보다 더 행복한 순간 올 때까지

그대 입맞춤 고이 간직한 후

그때 비로소 그대 입술, 고스란히 돌려드리리

〈바다3〉

정지용

외로운 마음이

한종일 두고

바다를 불러-

바다 우로

밤이

걸어 온다.

〈술 노래〉
윌리엄 버틀러 예이츠

와인은 입으로 흐르고
사랑은 눈으로 흐르네
우리가 늙어서 떠나기 전에
깨달을 진실은 오직 그것뿐
내 입으로 한 잔 따르며
그대를 바라보며, 한숨 짓는다

〈로미오와 줄리엣〉

부분
셰익스피어

사랑이여, 가서 잘 자려무나
다음 만날 때
사랑의 꽃망울은
열매를 익히는 여름 입김에
아름답게 꽃 필 것이오
안녕, 안녕, 내 가슴처럼
그대 마음에도 안식이 깃들기를

〈님에게〉

김소월

한때는 많은 날을 당신 생각에
밤까지 새운 일도 없지 않지만
아직도 때마다는 당신 생각에
축업은 베갯가의 꿈은 있지만

낮모를 딴 세상의 네 길거리에
애달피 날 저무는 갓 스물이요
캄캄한 어두운 밤들에 헤매도
당신은 잊어버린 설움이외다

당신을 생각하면 지금이라도
비 오는 모래밭에 오는 눈물의
축업은 베갯가의 꿈은 있지만
당신은 잊어버린 설움이외다

〈님의 노래〉

김소월

그리운 우리 님의 맑은 노래는
언제나 제 가슴에 젖어 있어요

긴 날을 문밖에서 서서 들어도
그리운 우리 님의 고운 노래는
해지고 저물도록 귀에 들려요
밤들고 잠들도록 귀에 들려요

고이도 흔들리는 노랫가락에
내 잠은 그만이나 깊이 들어요
고적한 잠자리에 홀로 누워도
내 잠은 포스근히 깊이 들어요

그러나 자다 깨면 님의 노래는
하나도 남김없이 잃어버려요
들으면 듣는 대로 님의 노래는
하나도 남김없이 잊고 말아요

〈두이노의 비가〉

제1 비가 부분
라이너 마리아 릴케

내 소리 높이 부른들

어느 천사 일어나

그 소리 들어 주랴.

한 천사 일어나

불현듯 나 껴안는다 하여도

나 그보다 강한 존재에 불타버리리.

아름다움이란

우리 견딜 수 있는

두려움의 시작일 뿐이기에.

〈미라보 다리〉

기욤 아폴리네르

미라보 다리 아래 세느 강은 흐르고
우리들 사랑도 흘러만 가네
하지만 괴로움 뒤에 오는 즐거움을
나는 또 기억하고 있으니

밤이여 오라, 종이여 울려라
세월은 가고 나는 머무른다

손에 손을 맞잡고
볼에 볼을 대자꾸나
우리들 팔 같은 이 다리 아래
영원한 눈길처럼 물결이 흘러갈 때

밤이여 오라, 종이여 울려라
세월은 가고 나는 머무른다

사랑은 흘러간다, 이 물결처럼

우리네 사랑도 흘러만 간다
어쩌면 삶이란 이토록 한가한가
희망이란 또 이리 뜨거운 것인가

밤이여 오라, 종이여 울려라
세월은 가고 나는 머무른다

날들은 흐르고 달도 흐르니
지나간 세월 또한 흘러만 간다
우리네 사랑은 느리기만 한데
미라보 다리 아래 세느 강은 흐른다

밤이여 오라, 종이여 울려라
세월은 가고 나는 머무른다

〈강이 풀리면〉

김동환

강이 풀리면 배가 오겠지
배가 오면은 임도 탔겠지
임은 안 타도 편지야 탔겠지
오늘도 강가서 기다리다 가노라
임이 오시면 이 설움도 풀리지
동지섣달에 얼었던 강물도
제멋에 녹는데 왜 아니 풀릴까
오늘도 강가서 기다리다 가노라

〈여 소무시〉

좋은 때 다시 돌아오지 않고
잠깐 만나고 이별하게 되는 법
길가에 서성이다가
손잡은 채 들판에서 서성거린다
흐르는 뜬구름 바라다보니
어느 순간에 쫓고 쫓기우네
바람에 흩어져 제자리 잃고
이쪽저쪽 하늘가로 갈려나간다
이렇게 영원히 헤어지는 것이라
잠시라도 함께 더 있고 싶어라
아침 바람 타고 떠나는 그대를
낮디 낮은 이 몸 전송하노라!

〈그 여자〉

윤동주

함께 핀 꽃에 처음 익은 능금은
먼저 떨어졌습니다.

오늘 가을바람은 그냥 붑니다.

길가에 떨어진 붉은 능금은
지나던 손님이 집어 갔습니다.

〈자나 깨나 앉으나 서나〉

김소월

자나깨나 앉으나 서나
그림자 같은 벗 하나 있었습니다.

그러나 우리는 얼마나 많은 세월을
쓸데없는 괴로움으로만 보내었겠습니까!

오늘은 또다시 당신의 가슴속, 속 모를 곳을
울면서 나는 휘저어 버리고 떠납니다 그려.

허수한 맘, 둘 곳 없는 심사에 쓰라린 가슴은
그것이 사랑, 사랑이던 줄이 아니도 잊힙니다

052

〈내 마음을 아실 이〉

김영랑

내 마음을 아실 이
내 혼자 마음 날같이 아실 이
그래도 어데나 계실 것이면

내 마음에 때때로 어리우는 티끌과
속임 없는 눈물의 간곡한 방울방울
푸른 밤 고이 맺는 이슬 같은 보람을
보밴 듯 감추었다 내어드리지

아! 그립다
내 혼자 마음 날같이 아실 이
꿈에나 아득히 보이는가

향 맑은 옥돌에 불이 달아
사랑은 타기도 하오련만
불빛에 연긴 듯 희미론 마음은
사랑도 모르리 내 혼자 마음은

〈아름다운 물방앗간 아가씨〉

물방아꾼과 시냇물 부분
빌헬름 뮐러

사랑에서 진실한 마음이 사라진다면
꽃밭에서는 백합이 시들어 가겠지
보름달은 검은 구름에 숨어
내 흘리는 눈물, 아무도 보지 못하리
그때엔 천사들 모두 두 눈을 감고
흐느껴 노래하리, 영혼이 편히 쉬기를

사랑이 고통을 이겨낸다면
하늘엔 새로운 별 하나 반짝이리라
붉고 하얀 장미꽃 세 송이
시들지 않는 덤불 속에서 피어나
천사들 모두 날개를 접고
매일 아침 이 땅으로 내려오리라

054

〈로미오와 줄리엣〉

부분
윌리엄 셰익스피어

너의 빛이 사라지니 천 배는 더 어둡구나

〈아름다운 퀘이커 교도 소녀에게〉
부분
조지 고든 바이런

아름다운 그대여!
우리 오직 단 한 번 만났으나
그 만남 결코 잊지 못하리라
우리 또한 다시 못 만난다 해도
그대 모습 영원히 내 기억 속에 남아 있으리라

〈사모〉

노자영

우리 님 가신 남쪽에는
가느다란 바람이 불어옵니다
행여나 먼 나라 그곳에 가서
울고 있는 우리 님 탄식이 아닐까 하여……

우리 님 밟던 풀꽃 위에는
새하얀 이슬이 떨어집니다
행여나 그 님이 오늘날까지
그 눈에 눈물을 담는가 하여……

우리 님 보던 나무 뜰에는
옥 같은 달이 흘러 내립니다
행여나 그 님이 그 달 아래서
오히려 노래를 부르는 소린가 하여……

〈바다〉

백석

바닷가에 왔더니
바다와 같이 당신이 생각만 나는구려
바다와 같이 당신을 사랑하고만 싶구려

구붓하고 모래톱을 오르면
당신이 앞선 것만 같구려
당신이 뒤선 것만 같구려

그리고 지중지중 물가를 거닐면
당신이 이야기를 하는 것만 같구려
당신이 이야기를 끊은 것만 같구려

바닷가는
개지꽃에 개지 아니 나오고
고기비늘에 하이얀 햇볕만 쇠리쇠리하여
어쩐지 쓸쓸만 하구려 섧기만 하구려

• 구붓하다: 몸이 구부정하다 • 지중지중: 천천히 걸으며 상념에 잠긴 모습
• 개지꽃: 나팔꽃 • 쇠리쇠리하여: 눈이 부셔

058

〈나의 노래〉

오장환

나의 노래가 끝나는 날은
내 가슴에 아름다운 꽃이 피리라.

새로운 묘에는
옛 흙이 향그러

단 한 번
나는 울지도 않았다.

새야 새 중에도 종다리야
화살같이 날아가러라

나의 슬픔은
오직 님을 향하여

나의 과녁은
오직 님을 향하여

단 한 번
기꺼운 적도 없었더란다.

슬피 바래는 마음만이
그를 좇아
내 노래는 벗과 함께 느끼었노라

나의 노래가 끝나는 날은
내 무덤에 아름다운 꽃이 피리라.

〈꿈〉

노자영

꿈을 펴 놓은 강 언덕에는
갈대 나무가 슬피 울며
새어 내리는 하얀 달빛은
물속에 떨어져 구슬이 됩니다

잠 못 자는 외로운 그림자는
갈대밭 속에서 강 위를 건너며
밤이 가고 달이 지기까지
임의 자취를 찾아갑니다

〈사랑의 비밀〉
윌리엄 블레이크

사랑은 말하려 하지 말 일
사랑은 도저히 말로 할 수 없으니
고요히, 보이지 않게 불어오는 미풍과 같다네

내 사랑을 말했네, 내 사랑을 힘주어 말했어
파랗게 질리고 덜덜 떨면서
가슴 속 온 사랑 드러냈는데
아, 그녀는 이윽고 떠나버렸네

그녀가 사라진 지 얼마 지나지 않아
고요히, 보이지 않게 한 나그네 다가오더니
한숨 쉬며 그녀를 데려갔다네

〈당신 가신 때〉

한용운

당신이 가신 때에 나는 다른 시골에 병들어 누워서 이별의 키스도 못하였습니다

그때는 가을바람이 첨으로 나서 단풍이 한 가지에 두서너 잎이 붉었습니다

나는 영원의 시간에서 당신 가신 때를 끊어내겠습니다

그러면 시간은 두 토막이 납니다

시간의 한끝은 당신이 가지고 한끝은 내가 가졌다가 당신의 손과 나의 손과 마주 잡을 때에 가만히 이어 놓겠습니다

그러면 붓대를 잡고 남의 불행한 일만을 쓰려고 기다리는 사람들도 당신의 가신 때는 쓰지 못할 것입니다

나는 영원의 시간에서 당신의 가신 때를 끊어내겠습니다

〈하늘의 천〉
윌리엄 버틀러 예이츠

밝디 밝은 금빛 은빛으로 짜서
하늘나라의 수를 놓은 옷과
밤과 낮과 노을 질 무렵의
푸른빛 검은빛 의상이 있다면
그대 발밑에 깔아드릴 텐데

난 가난하여, 가진 것이라곤 다만 꿈이 있을 뿐
그대 발밑에 이 꿈마저 펼쳐드리니
고이 밟으소서, 내 꿈 밟고 가시는 님이여

〈슬픈 사람들끼리〉

이용악

다시 만나면 알아 못 볼

사람들끼리

비웃이 타는 데서

타래곱과 도루모기와

피 터진 닭의 볏 찌르르 타는

아스라한 연기 속에서

목이랑 껴안고

웃음으로 웃음으로 헤어져야

마음 편쿠나

슬픈 사람들끼리

〈당신을 사랑했습니다〉

알렉산드르 푸시킨

당신을 사랑했습니다
그 사랑은 어쩌면 지금도 묻혀 있는 불씨처럼
내 영혼 속에 살아 있습니다

허나 그 사실이 당신을 실망시키지는 않기를
그저 잊어버리길
나는 당신에게 한 점 고통도 전하고 싶지 않으니

나는 당신을 말없이 사랑했습니다
절망 속에서 사랑했습니다

지금은 희미하게, 또 질투의 마음으로
그렇게 깊이 깊이 사랑했습니다
그렇게 따스하게 사랑했습니다

어쩌면 또 다른 세상 속에서 사랑하도록
신께서는 내게 허락했습니다

〈겨울 나그네〉
얼어버린 눈물
빌헬름 뮐러

얼어버린 눈물이 뚝뚝 떨어진다
내 뜨거운 볼 위로
이게 정말일까, 나도 모르는 사이
내가 울고 있다는 사실이.

오! 눈물, 나의 눈물아
너는 따스하였는데
이젠 꽁꽁 얼어버렸구나
차디찬 아침 이슬처럼

하지만 다시 솟구치는 눈물이여
내 가슴, 그토록 뜨겁게 타들어 가서
이 겨울 온 세상 얼음을 모두 다
녹여 버릴 듯한.

〈그대를 위해 참으렵니다〉
부분
캐슬린 레인

공기처럼 부드러운 장미꽃 속에서
나는 그대를 위해 물결과 불길을 동여맵니다.
꽃봉오리 속에 살아 숨 쉬는 죽음을,
오! 기쁘게, 사랑을, 그대를 위해 나는 참으렵니다.

〈편지〉

윤동주

그립다고 써 보니 차라리 말을 말자
그냥 긴 세월이 지났노라고만 쓰자

긴긴 사연을 줄줄이 이어
진정 못 잊는다는 말을 말고
어쩌다 생각이 났었노라고만 쓰자

그립다고 써 보니 차라리 말을 말자
그냥 긴 세월이 지났노라고만 쓰자

긴긴 잠 못 이루는 밤이면
행여 울었다는 말을 말고
가다가 그리울 때도 있었노라고만 쓰자.

〈어둠에 젖어〉
이용악

마음은 피어
포기포기 어둠에 젖어

이 밤
호을로 타는 촛불을 거느리고

어느 벌판에로 가리
어른거리는 모습마다
검은 머리 향그러이 검은 머리
가슴을 덮고 숨고 마는데

병들어 벗도 없는 고을에
눈은 내리고
멀리서 철길이 운다

〈애너벨 리〉
에드거 앨런 포

오래고 오랜 옛날
바닷가 한 왕국에
당신이 아는 한 소녀가 살고 있었지.
그녀의 이름은 애너벨 리—
날 사랑하고 내 사랑을 받는 일 외엔
아무 생각도 없이 살았네.

바닷가 그 왕국에선
그녀도 어렸고 나도 어렸으나
나와 나의 애너벨 리는
사랑 이상의 사랑을 하였네.
하늘의 날개 달린 천사조차
우리를 부러워할 그런 사랑을.

그게 바로 이유였지, 오래전,
바닷가 이 왕국에선
구름으로부터 닥쳐온 밤바람이

나의 애너벨 리를 싸늘하게 만들었네.
그래서 지체 높은 그녀의 친척들은
내게서 그녀를 앗아 갔다네.
바닷가 왕국 깊은
무덤 속에 가두기 위해.

하늘에서도 반밖에는 행복할 수 없었던
천사들이 그녀와 나를 질투했기에.
바닷가 왕국 모든 이가 알고 있듯이
그렇다네! 그것이 이유였다네.
한밤중 구름으로부터 바람이 불어와
그녀를 싸늘하게 만들고
나의 애너벨 리를 숨지게 한 것은.

하지만 우리의 사랑은 훨씬 강한 것
우리보다 나이 먹은 사람들의 사랑보다도—
우리보다 현명한 사람들의 사랑보다도—

그래서 하늘 위 천사들도
바다 밑 악령들도
내 영혼을 떼어놓지 못했다네
아름다운 애너벨 리의 영혼으로부터.

달빛이 밝을 때 반드시 나는
아름다운 애너벨 리의 꿈을 꾼다네.
별들이 떠오를 때 반드시 나는
빛나는 애너벨 리의 눈을 본다네.
그리하여 나는 밤이 지새도록
나의 사랑, 나의 생명, 나의 신부 곁에 누워 있다네.
바닷가 그곳 그녀의 무덤에서—
파도 소리 흩어지는 바닷가 무덤에서.

070

〈정적〉
부분
라이너 마리아 릴케

나는 손을 듭니다, 그대여!
내 부르는 소리를 들으십니까.
외로운 이의 어떤 몸짓이든
세상 모든 것들이 듣지 않을까요.
나는 눈을 감습니다, 그대여!
내 부르는 소리가 그대에게 닿는지요
다시 울리는 그 소리가 들리는지요
그렇다면 그대 모습은 어디에 있습니까.

〈장마 개인 날〉

이용악

하늘이 해오리의 꿈처럼 푸르러

한 점 구름이 오늘 바다에 떨어지련만

마음에 안개 자옥히 피어오른다

너는 해바라기처럼 웃지 않아도 좋다

배고프지 나의 사람아

엎디어라 어서 무릎에 엎디어라

〈디오티마를 향한 메논의 비가〉
부분
프리드리히 휠덜린

이제 나의 집은 황량하기 그지없습니다.
그들은 내 눈을 앗아갔으며,
나는 그대와 더불어
나 스스로를 잃었습니다.
그렇게 헤매고 있는 나는
죽음의 그림자처럼 살아야 할까요
오래전부터 그 외 모든 것
아무 의미 없다는 듯이 그렇게.

073

〈밤의 찬가 3〉
부분
노발리스

언덕이 먼지구름으로 변하여 -구름 사이로 사랑하는 그녀의 변화한 모습이 보였다. 그녀의 눈동자엔 영원이 깃들어 있었다 -그 손을 잡자, 눈물은 끊을 수 없는 반짝이는 실로 변하였다. 수만 년 시간이 폭풍우처럼 아득히 저 아래로 떨어져 내렸다. 그녀의 목을 얼싸안은 채 나는 새로운 삶을 위해 황홀한 눈물을 흘렸다 -이는 맨 처음 꾼 단 하나의 꿈 - 그로부터 나는 밤하늘에 뜬 태양, 사랑하는 그녀를 향한 영원하고도 두터운 믿음을 느끼고 있다.

〈누이에게〉
게오르크 트라클

네가 가는 곳 어디든 가을이 되고 겨울이 된다
나무 우거진 숲 아래 울부짖는 푸른 짐승이여
저녁이 내린 고독한 늪이여

나직이 날아오르는 새들의 날갯짓
네 눈동자 위로 드리운 깊은 슬픔
그대 가느다란 미소로 떨리는 소리

신께서는 네 눈을 반쯤 감기셨구나
고통의 날에 태어난 누이여,
밤이면 별들이 그대 둥근 이마를 찾는다

꽃에게 물을 수 없네
별에게 물을 수 없네
그 누구도 알지 못하리니
나 알고 싶은 그것

꽃밭은 내게 보이지 않고
별들은 너무 멀리 있어
시내에게 물어 보리
내 사랑 헛된 것인지

오, 냇물아, 내 사랑아!
왜 말이 없는 게냐
하나만 알려다오
단 한 마디만이라도

"네"라는 그 말 한마디
"아니"라는 말이라도 말이야

〈아름다운 물방앗간 아가씨〉
알고 싶은 사람
빌헬름 뮐러

두 단어 가운데 하나에
내 삶이 걸렸다네

오, 냇물아, 내 사랑아!
왜 말이 없는 게냐
더 이상 묻지 않으리라
그녀의 사랑에 대해서

〈하나가 되어 주세요〉
한용운

님이여,
나의 마음을 가져가려거든 마음을 가진 나에게서
가져가셔요
그리하여 나로 하여금 님에게서 하나가 되게 하셔요
그렇지 아니하거든 나에게 고통만 주지 마시고 님의 마음을
다 주셔요
그리고 마음을 가진 님에게서 나에게 주셔요
그래서 님으로 하여금 나에게서 하나가 되게 하셔요
그렇지 아니하거든 나의 마음을 돌려 주셔요
그리고 나에게 고통을 주셔요
그러면 나는 나의 마음을 가지고 님이 주시는 고통을
사랑하겠습니다

077

〈몰타 섬에서 방명록에〉
조지 고든 바이런

차디찬 비석에 새긴 이름이
길 가던 행인을 사로잡듯이
이 글귀 그대 홀로 바라볼 때
내 이름, 그대 근심 어린 눈길을 사로잡기를

그리고 언젠가 먼 훗날
그대가 내 이름 읽게 된다면
떠난 이들 떠올리듯 나 역시 기억해 주오
내 마음 역시 이곳에 묻혀 있음도.

〈겨울 나그네〉

홍수
빌헬름 뮐러

한없는 눈물이
쌓인 눈 위로 떨어지네
불타는 나의 슬픈 눈물을
얼음은 목이 마른 듯 삼키네

파릇한 초목이 돋아날 때
따스한 바람은 불어오리
그 무렵에는 얼음이 깨지고
눈 또한 녹으리

눈, 너는 내 그리움을 알고 있겠지
말해 보려무나, 어디로 흘러가는지
흐르는 눈물을 따라간다면
멀지 않아 개울이 나타나겠지

활기찬 거리를 가로질러
도시로 눈물이 흘러간다면

내 눈물이 반짝이며 머무는 곳
그곳이 내 사랑 머무는 집임을 알겠지.

079

〈동류강 어귀에 가서〉

매요신

나룻배 흐르는 물 따라
푸른 강어귀에 다다랐다네
산 따라 물 굽이굽이 흐르니
굽이마다 한시름 더하고 더하네
갈대밭에 둥지 튼 파란 새 두 마리
암수 한 쌍 따르고 구하며
물결 가르며 하늘로 솟구치고
피라미 한 마리 낚기도 하네
부르고 노래하길 한없이 하다가
함께 쪼으며 푸른 톱 향하네
하지만 내겐 양쪽 날개 없으니
어찌해야 그대와 노닐 수 있을까?

〈옛날〉
김억

잃어진 그 옛날이 하도 그리워
무심히 저녁 하늘 쳐다봅니다.
실낱같은 초승달 혼자 돌다가
고요히 꿈결처럼 스러집니다.

실낱같은 초승달 하늘 돌다가
고요히 꿈결처럼 스러지길래
잃어진 그 옛날이 못내 그리워
다시금 이내 맘은 한숨 쉽니다.

〈고독〉
라이너 마리아 릴케

고독은 내리는 비와 같은 것
어둠을 향해 바다에서 밀려오고
저 멀리 쓸쓸한 들로부터
늘 외로운 하늘로 솟구친 후
다시 하늘에서 이 도시로 내려오네

골목들 저마다 아침으로 달려가고
다만 외로운 몸들만이
절망과 비탄에 잠겨 헤어지고
비난하는 이들끼리
같은 침대에 올라야 하는
그 어려운 시간에 비가 내리네

그렇게 냇물과 함께 고독은 흐른다

082 〈바닷가에서〉

레오필 고티에

달은 드높은 하늘에서
손에 든 금부채를
바다 위 새파란
융단 위에 사뿐히 떨어뜨렸네

다시금 주우려
은빛 팔을 내미나
손에서 멀어지며
물결 따라 흘러만 가네

천 길 물속에 이 몸을 던져
부채를 전해 줄까, 은빛 달이여!
그대 하늘에서 내려온다면
나 그대 찾아 하늘로 올라갈거나

〈비〉
김억

포구 십 리에 보슬보슬
쉬지 않고 내리는 비는
긴 여름날의 한나절을
모래알만 울려 놓았소.
기다려선 안 오다가도
설은 날이면 보슬보슬
만나도 못코 떠나버린
그 사람의 눈물이던가.

설은 날이면 보슬보슬
어영도라 갈매기떼도
기차귀가 축축히 젖어
너흘너흘 날아를 들고,

자취 없는 물길 삼백 리
배를 타면 어디를 가노
남포 사공 이 내 낭군님
어느 곳을 지금 헤매노.

084

〈가을의 노래〉

부분

샤를 보들레르

이윽고 우리는 가라앉을 것이네,
차디찬 어둠 속으로.
그리도 짧은 우리의 여름이여,
강렬한 빛이여, 안녕히.
불길한 충격을 전하는
정원 덮은 돌조각 위에
흩뜨리는 모닥불 타는 소리를
나는 벌써 듣는다.

이윽고 겨울 그 모습이
내 존재 안에 자리 잡으니
분노와 증오, 전율과 공포
강제된 채 쓰라린 고통
그리고 북극 지축에 걸린 태양처럼
내 심장은 이제 얼어붙은
한 점 붉은 것에 지나지 않으리니.

〈나 죽거든, 사랑하는 이여〉

크리스티나 로세티

나 이 세상 떠나거든, 사랑하는 그대여
날 위해 슬픈 노래를 부르지 마시길
내 머리맡에 장미꽃 올리지 마시고
그늘진 삼나무 또한 심지 마세요
내 무덤 위 푸른 잔디 가득히 퍼져
비와 이슬에 촉촉이 젖게 해 주세요
그리고 그대 원한다면 기억해 주세요
물론, 잊으셔도 좋답니다

그림자도 보지 못할 것이고
빗줄기 역시 느끼지 못하겠지요
사무치게 울부짖는
나이팅게일 울음소리 역시 못 들을 거예요
뜨지도 않고 지지도 않는
황혼 저물녘에만 꿈을 꿀 거예요
아마도 제가 기억날 걸요
그리고 잊히겠지요

〈편지〉

앙투안 드 생텍쥐페리

　높이 솟은 피레네산맥을 온통 뒤덮은 눈은 장밋빛으로 빛나고 있습니다. 나르본의 숲 역시 장밋빛입니다.

　그대는 떠올린 적 있으십니까?

　험준한 산 위로 닫힌 이 구름조차 두려워하지 않으면서 비행기 기체를 하강시킬 때 맛보는 그 따스함을 그대는 상상도 할 수 없을 것입니다.

　나는 좌석에 등을 기대고 계기판에 나타나는 바람의 방향에 따라 조종할 뿐입니다.

　마지막으로 눈에 들어온 집들, 나무들의 흔들림이 점차 느려지고 뒤로 휘익 사라집니다.

　착륙입니다. 땅에 내려앉는 것은 또 얼마나 꿈 같은 일인지요.

　그렇게 지상에 내리면 나는 다시 권태에 빠집니다.

　그때 나는 그림자조차 보이지 않는 편지를 기다립니다.

　당신에게서 올 편지를 말이지요.

〈눈오는 지도〉
윤동주

　순이가 떠난다는 아침에 말 못 할 마음으로 함박눈이 내려, 슬픈 것처럼 창밖에 아득히 깔린 지도 위에 덮인다. 방 안을 돌아다보아야 아무도 없다. 벽과 천정이 하얗다. 방 안에까지 눈이 내리는 것일까, 정말 너는 잃어버린 역사처럼 훌훌이 가는 것이냐. 떠나기 전에 일러둘 말이 있던 것을 편지를 써서도 네가 가는 곳을 몰라 어느 거리, 어느 마을, 어느 지붕 밑, 너는 내 마음 속에만 남아 있는 것이냐. 네 쪼그만 발자욱을 눈이 자꾸 내려 덮어 따라갈 수도 없다. 눈이 녹으면 남은 발자욱 자리마다 꽃이 피리니 꽃 사이로 발자욱을 찾아 나서면 일 년 열두 달 하냥 내 마음에는 눈이 내리리라.

〈마지막 꽃잎은 더욱 사랑스럽네〉

알렉산드르 푸시킨

마지막 꽃잎은 더욱 사랑스럽네
들판에 화사히 피어난 꽃들보다도
우리 가슴 속 슬픈 꿈들을
이리도 생생히 깨우치는 마지막 꽃잎
그렇게 만나는 이별의 순간은
더욱이 생생하네, 만남의 달콤함보다도

〈침묵의 사랑〉

요제프 폰 아이헨도르프

나뭇가지 끝과 돋아난 싹 저 너머
밝은 빛, 속으로 파고든다
누가 그 모습 짐작이나 했을까
누가 그 모습 기꺼이 맞았을까
이런저런 생각에 잠겨
밤은 고요히 침묵하는데
생각은 하늘 높이 자유로워라

단 한 가지 문제만 맞추어 보렴
숲들의 속삭임 가운데 그 누가
밝은 답 맞추어 전해줬는지
날아오른 구름 말고
깨어나는 이 없다면
내 사랑 밤처럼
그렇게 아름답게 침묵하겠노라

090

〈비 오는 날〉

헨리 워즈워스 롱펠로

날씨는 서늘하고 어둡고 쓸쓸하네
비가 내리고 바람은 좀처럼 자지 않네
덩굴은 여전히 이끼 낀 벽에 붙어 있는데
세찬 바람 불 때마다 나뭇잎은 떨어지고
날씨는 어둡고 쓸쓸하다네

차갑고 어둡고 쓸쓸한 내 인생
비가 내리고 바람은 좀처럼 자지 않네
내 생각은 이끼 낀 지난날에 붙잡혀 있는데
세찬 바람 불 때마다 젊음의 희망은 떨어져 나가고
날씨는 어둡고 쓸쓸하다네

조용하라, 슬픈 마음이여! 푸념도 그쳐라
구름 뒤에는 태양이 여전히 빛나고 있으니
그대의 운명 또한 모든 이의 것
모든 운명에는 비가 내리고
어느 날인가는 반드시 어둡고 쓸쓸할 테니.

〈빛〉
프랜시스 윌리엄 버딜론

밤은 천 개의 눈을 가졌으나
낮은 오직 태양 하나뿐
한낮이 지고 나면
빛나는 태양 또한 사라지누나

마음은 천 개의 눈을 가졌으나
가슴은 오직 하나일 뿐
사랑이 지고 나면
모든 삶의 빛 역시 지고 마는 것.

〈그대와 나〉

헨리 앨포드

내 손은 당신의 포옹을 기다리며 외롭답니다

내 귀는 당신의 목소리를 기다리며 지쳤답니다

난 바란답니다,

환호해 줄 당신의 웃음,

도움을 줄 당신의 힘

가슴, 영혼, 모든 감각이 당신을 기다립니다

하나에서 열까지

당신의 충만하고 진솔한 연민 없이는

난 시들 수밖에 없습니다

우리는 하나가 되어야 합니다, 그대와 나.

우리는 서로 그러길 바란답니다

꿈, 희망, 미래의 설계, 바라본 것과 변화한 것

이 모든 것을 이해하기를.

친구가 되고 위로가 되며 길잡이가 되고 벗이 되어

사랑은 더 큰 사랑을 바라고,

생각은 더 많은 생각을 바란답니다.

인생은 짧고 외로움의 시간은 쏜살같이 흐르니

〈아름다운 물방앗간 아가씨〉
어디로?
빌헬름 뮐러

시냇물 소리 들리는구나
바위틈 사이로.
골짜기 따라 흐르는
청명한 물.
무엇에 끌렸을까
모르겠지만
나 역시 물길 따라
발길을 옮기네.
골짜기 아래 저 멀리
냇물 따라 걷는다,
시원히 흐르는
맑은 물 따라.
내 갈 길 어디일까
냇물아, 말해 주렴, 어디일까.
흐르는 물소리에
내 마음 매혹되었네
물에게 무어라 말할까

말없이 흐르는 물
물속 요정들
읊조렸을 뿐인가.
냇물아, 노래하거라
방랑의 길 즐겁게
맑은 시냇가에는
물방아 돌고.

〈봄비〉

김재현

눈물, 그 눈물을 받은 비는
비로소 제 갈 곳을 찾아 더 낮은 강으로 향한다.
봄비가 그렇게 우리 곁을 떠나던 날,
나는 발목까지 흐르는 비를 안으며
오늘 날짜를 가슴에 새겼다.

〈빼앗긴 들에도 봄은 오는가〉
이상화

지금은 남의 땅— 빼앗긴 들에도 봄은 오는가?

나는 온몸에 햇살을 받고
푸른 하늘 푸른 들이 맞붙은 곳으로
가르마 같은 논길을 따라 꿈 속을 가듯 걸어만 간다.

입술을 다문 하늘아, 들아,
내 맘에는 내 혼자 온 것 같지를 않구나!
네가 끌었느냐, 누가 부르더냐. 답답워라, 말을 해 다오.

바람은 내 귀에 속삭이며
한 자욱도 섰지 마라, 옷자락을 흔들고.
종다리는 울타리 너머 아씨같이 구름 뒤에서 반갑다 웃네.

고맙게 잘 자란 보리밭아,
간밤 자정이 넘어 내리던 고운 비로
너는 삼단 같은 머리털을 감았구나, 내 머리조차 가뿐하다.

혼자라도 가쁘게나 가자.
마른 논을 안고 도는 착한 도랑이
젖먹이 달래는 노래를 하고, 제 혼자 어깨춤만 추고 가네.

나비 제비야 깝치지 마라.
맨드라미 들마꽃에도 인사를 해야지.
아주까리 기름을 바른 이가 지심 매던 그 들이라 다 보고
싶다.

내 손에 호미를 쥐어 다오.
살진 젖가슴과 같은 부드러운 이 흙을
발목이 시도록 밟아도 보고, 좋은 땀조차 흘리고 싶다.

강가에 나온 아이와 같이,
짬도 모르고 끝도 없이 닫는 내 혼아
무엇을 찾느냐, 어디로 가느냐, 웃어웁다, 답을 하려무나.
나는 온몸에 풋내를 띠고,

푸른 웃음 푸른 설움이 어우러진 사이로
다리를 절며 하루를 걷는다. 아마도 봄 신령이 지폈나 보다.

그러나, 지금은— 들을 빼앗겨 봄조차 빼앗기겠네.

096

〈그대는 어디서 오는가〉

이로현

그대는 어디서 오는가,
모든 정리를 끝낸 후에 내리는 그대는
어디서 오는가, 물으며
발을 타고 무릎, 허리를 지나 가슴과 뇌로 스미는
그대를 고스란히 맞는다

3부

가	만	히			
			가	만	히

바	다	로		
			가	자

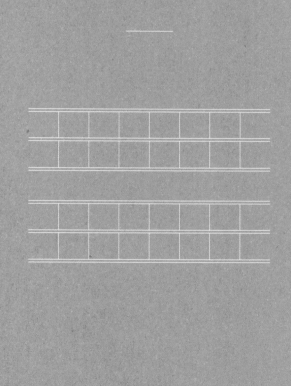

〈해질 무렵〉

찰스 핸슨 타운

낮의 어수선한 다툼들 끝난 후
나는 그대 사랑의 안식이 필요해요
삶의 모든 힘겨움 끝난 후
나는 그 어떤 것보다 그대의 평온이 필요해요

온갖 힘겨운 일 다 끝낸 후
나는 그대 가슴 놓여 있는 안식처가 간절해요
한낮의 뜨거운 태양이 진 후
나는 그대 천국 같은 눈동자 속 별빛이 필요해요

098

〈내가 만일〉
에밀리 디킨슨

내가 만일
애타는 하나의 가슴을 달랠 수만 있다면
내 삶은 헛되지 않으리라
내가 만일
한 생명의 아픔을 치유하고
한 사람의 고통을 달랠 수만 있다면
더하여 힘이 다하여 숨 가쁜 파랑새 한 마리를
둥지 안에 고스란히 안겨줄 수만 있다면
내 삶은 결코 헛되지 않으리라

〈방랑하며〉

헤르만 헤세

슬퍼하지 마세요, 이내 밤이 옵니다.
밤이 오면 파란 들판 위에
서늘한 달이 살며시 웃는 모습 바라보며
우리 손잡고 쉬어요.

슬퍼하지 마세요, 이내 때가 옵니다.
때가 오면 쉬어요, 우리 작은 십자가
밝은 길가에 우리 함께 서 있을 거예요.
그 길에 비가 오고 눈이 내리고
바람이 스칠 것입니다.

〈먼 곳에 사람에게〉

다카무라 고타로

내 마음은 그대 움직일 때마다
뛰며 춤추며 날며 떠들어도
언제나 그대를 지킬 것 잊지 않으니
사랑하는 이여,
오직 하나뿐인 생명의 샘물이거니
그대는 평안히 잠드셔도 되리라
악한 같이 엄혹한 겨울밤이라도
이제는 평안히 먼 집에 잠드시라
어린아이처럼 고요히 잠드시라

101

〈산골 물〉

윤동주

괴로운 사람아 괴로운 사람아

옷자락 물결 속에서도

가슴속 깊이 돌돌 샘물이 흘러

이 밤을 더불어 말할 이 없도다.

거리의 소음과 노래 부를 수 없도다.

그신 듯이 냇가에 앉았으니

사랑과 일을 거리에 맡기고

가만히 가만히

바다로 가자.

바다로 가자.

〈첫 키스〉

한용운

마셔요 제발 마셔요

보면서 못 보는 체 마셔요.

마셔요 제발 마셔요

입술을 다물고 눈으로 말하지 마셔요.

마셔요 제발 마셔요

뜨거운 사랑에 웃으면서 차디찬 잔 부끄러움에 울지

마셔요.

마셔요 제발 마셔요

세계의 꽃을 따면서 항분에 넘쳐서 떨지 마셔요.

마셔요 제발 마셔요

미소는 나의 운명의 가슴에서 춤을 춥니다. 새삼스럽게

스스러워 마셔요.

• 항분(亢奮): 목에 차오르는 분함.

〈위를 보라〉
에드워드 에버렛 헤일

위를 보라, 아래를 보는 대신
앞을 보라, 뒤를 보는 대신
밖을 보라, 안을 보는 대신
손을 내밀어 줄 테니.

〈아름다운 것들〉
부분
존 키츠

아름다운 것은 끝없는 기쁨
사랑스러움은 점차 커져
결코 무로는 돌아가지 않으리
허나 우리를 위해
고요한 나무 그늘 아래 간직할 것
감미로운 꿈으로 가득한 잠,
그리고 싱그러움과 평화로운 숨결 속에서.

〈이니스프리의 호수 섬〉

윌리엄 버틀러 예이츠

거기 나뭇가지 엮어 진흙 바른 작은 오두막 짓고,
아홉 이랑 콩밭 가꾸고 꿀벌 통 하나 치면서
벌 윙윙대는 숲속에 나 혼자 살리라.

그곳에 얼마쯤 평화가 깃들리니,
평화는 천천히 내리리라.
아침의 베일을 걷고 귀뚜라미 우는 곳에 이르기까지,
한밤중엔 온통 반짝이는 빛
한낮엔 보랏빛 작렬하면서
저녁엔 홍방울새 날갯짓 가득한 그곳.

나 일어나 이제 가리라, 밤이나 낮이나
호숫가에 찰랑대는 고요한 물소리 들으리니
드넓은 길 위 서 있거나, 회색 포도 위에 서 있거나
내 마음 깊숙한 그곳, 그 물소리 들리네.

〈아무도 모르라고〉

김동환

떡갈나무숲 속에 졸졸졸 흐르는
아무도 모른 샘물이길래
아무도 모르라고 도로 덮고 내려오지요
나 혼자 마시곤 아무도 모르라고
도로 덮고 내려오는 이 기쁨이여

〈그리운 바다〉

존 메이스필드

아무래도 난 다시 바다로 가야겠어

호젓한 바다와 하늘로

내 원하는 것은 한 척 돛단배와

그 배를 인도할 별 하나

물결 때리는 키 바퀴와 바람의 노래

펄럭이는 하얀 돛

난 다시 바다로 가야겠어

날 부르는 힘찬 파도 소리는

거스를 수 없는 자연의 음성

내 바라는 것은 흰 구름 날리고 폭풍 이는 날

들이치는 물보라 산산이 깨지는 거품

그리고 울어대는 바다갈매기

난 다시 바다로 가야겠어

한없이 헤매는 방랑의 삶으로

칼날 같은 바람 휘몰아치는 그 바다

갈매기 날고 고래 떼 노니는 길
내 바라는 것은 소란한 친구들의 호탕한 웃음소리
긴 근무 후 찾아오는 곤한 잠과 달콤한 꿈

108

〈돌담에 속삭이는 햇발〉
김영랑

돌담에 속삭이는 햇발같이
풀 아래 웃음 짓는 샘물같이
내 마음 고요히 고운 봄 길 위에
오늘 하루 하늘을 우러르고 싶다

새악시 볼에 떠 오는 부끄럼같이
시의 가슴 살포시 젖는 물결같이
보드레한 에메랄드 얇게 흐르는
실비단 하늘을 바라보고 싶다

〈끝없는 강물이 흐르네〉

김영랑

내 마음의 어딘 듯 한 편에 끝없는
강물이 흐르네.
돋쳐 오르는 아침 날빛이 빤질한
은결을 돋우네.
가슴엔 듯 눈엔 듯 또 핏줄엔 듯

마음이 도론도론 숨어 있는 곳
내 마음의 어딘 듯 한 편에 끝없는
강물이 흐르네.

그대에게 띄우는 그리운 필사 노트

초판 1쇄 발행 2025년 4월 30일

엮은이 | 기획집단 MOIM

펴낸곳 | (주)태학사
등록 | 제406-2020-000008호
주소 | 경기도 파주시 광인사길 217
전화 | 031-955-7580
전송 | 031-955-0910
전자우편 | thspub@daum.net
홈페이지 | www.thaehaksa.com

편집 | 조윤형 여미숙 김태훈
마케팅 | 김민선
경영지원 | 김영지

값 18,000원
ISBN 979-11-6810-357-3 03800

디자인 | 캠프